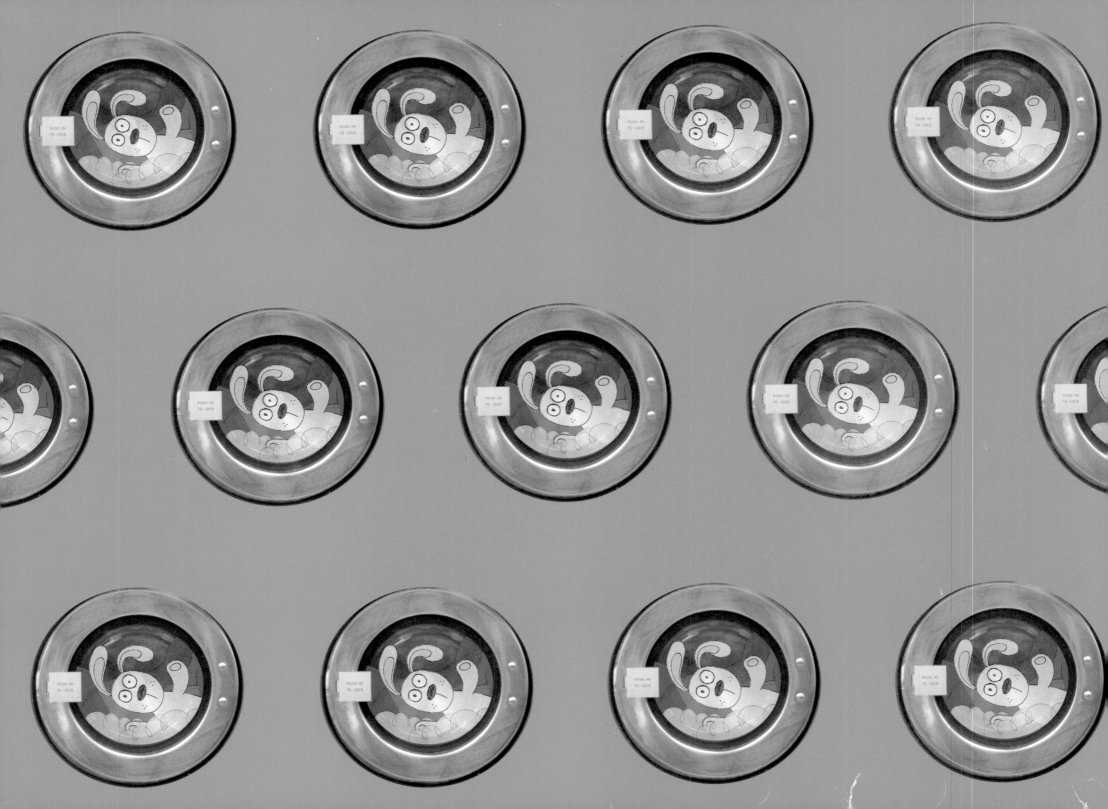

Primera edición en español, 2007

10 9 8 7 6 5 4 3 2 1

ISBN-13: 978-1-4231-0567-1

ISBN-10: 1-4231-0567-2 (pbk.)

Impreso en Singapore

Catalogado en la Biblioteca del Congreso. Datos de publicación en archivo.

www.hyperionbooksforchildren.com y www.pigeonpresents.com

El Conejito Knuffle

UN CUENTO ALECCIONADOR POR Mo Willems

TRADUCIDO POR F. Isabel Campoy

HYPERION PAPERBACKS FOR CHILDREN / NEW YORK

No hace mucho tiempo, antes de que supiera hablar, Trixie se fue a hacer un recado con su papá. . . .

Trixie y su papá fueron hasta la esquina,

pasaron frente a la escuela,

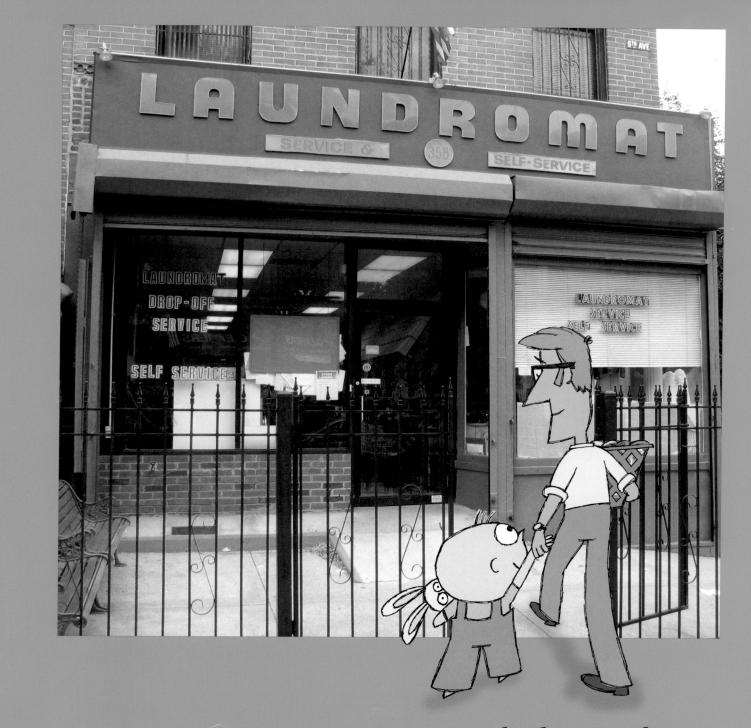

y entraron en la lavandería.

Trixie ayudó a su papá a meter la ropa en la lavadora.

Hasta puso
el dinero en
la máquina.

Entonces se fueron.

Pero a una cuadra, más o menos . . .

Trixie **se dio cuenta**

de algo.

Trixie miró a su papá y le dijo,

—Anda, por favor, no te pongas quisquillosa— dijo su papá.

Claro, a Trixie no le quedó más remedio . . .

y berreó.

Se convirtió en un trapo.

Hizo todo lo que pudo para que se dieran cuenta de lo enfadada que estaba.

Cuando llegaron a casa
su papá también estaba
enfadado.

Nada más
abrir la puerta,
la mamá de
Trixie preguntó,

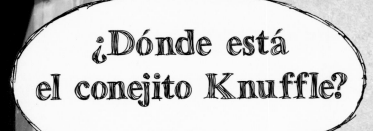

Toda la familia corrió hasta la esquina.

Y cruzaron el parque corriendo.

Pasaron zumbando por delante de la escuela,

hasta llegar a la lavandería.

El papá de Trixie buscó
al conejito Knuffle.

Y buscó . . .

y buscó . . .

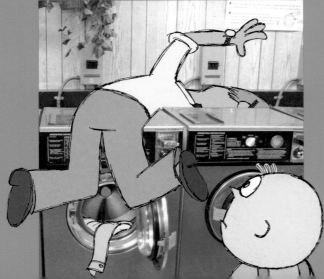

y buscó . . .

Pero el conejito Knuffle no estaba por ningún sitio. . . .

Así que el papá de Trixie decidió volver a buscar otra vez.

Hasta que . .

Y esas fueron las primeras palabras que dijo Trixie.

Este libro está dedicado
a la verdadera Trixie y a su mamá.
Con agradecimiento especial
a Anne y Alessandra;
Noah, Megan, y Edward;
y a la lavandería del 358 de la Avenida Sexta;
y a los vecinos de Park Slope, Brooklyn.

-Mo